할배꽃

할배꽃

이봉섭 시집

소울앤북

시인의 말

실로 한 땀 한 땀 바느질하듯
내 머릿속의 기억과 추억을 더듬어
꿰매다 보면 나도 시인이 된다
눈으로 보는 거 느끼는 거
내 마음에 펼쳐진 아름다움이 어우러지면
그 하나의 표현으로 우리 모두 시인이다
수많은 문학 단체들이
앞 다투어 시인을 배출하고 있다
그분들 모두 존경받아야 함에
기존 시인들에게 누를 끼치는 경우가 많다
각 문학 단체들이 자중하고 각성해야 한다
이기주의적 생각을 버려야
문학발전의 초식이 되리라 본다
선배 시인들에게 미치지 못하는 글이지만
어느 촌로의 마음에 비친 세상사는 즐거움을
부족하지만 이 책에 담아봅니다

2020년 늦가을
이봉섭

차례

제3부

제1부

내 마음의 그릇

기쁨의 마음 한 아름 주고 싶어요
내 마음 곱게 빗질하고
길을 나서 봅니다
두근두근 거리는 맘 담을 그릇 빚으려
떠나보려 해요

하나 더 예쁘게 빚어 당신께 드릴게요
가을사랑을 소복이 담아서 드릴게요
빈 의자에 앉지 마세요
내 마음의 그릇을 놓아야 하니까

그곳엔 가을이 앉아야 해요
해 질 무렵까지 소복이 쌓이면
당신이 가져감 돼요
내 마음의 그릇에 당신이오면 되니까요

꽃이 지면

마주한 얼굴들은
웃음꽃 피고 지고
네 향기 따라 날아보니
네 마음대로 피고 지고

너희들에게도 각각
사연은 있겠지만
아기자기 소소한 사연들은
속삭임으로만 가슴에 담을게

들녘에 피어난 꽃도 지고 나면
그리움만 남기고 가듯
내 가슴에 노크는 하지 마라
어둠이 네 모습을 감싸고 있지만

아름다운 아침이 있기에
그렇게 예쁘게 열리나보다

조금은 덜 아프게 조금은 덜 힘들게
내 빈자리에 아쉬움은 가져가지 마렴

꽃과 내 마음속 주머니

솔바람에 흔들리는 풀잎
푸르름은 내 마음 깊은 곳까지
내 마음에 향기를 더하고

꽃들의 미소가 나를 반겨주는
나래를 펴는 아침
초록 바람이 나를 너에게로

네가 지기 전에 예쁜 추억 만들려
너의 향기를 내 마음 공간에
차곡히 쌓아 곱게 담으려 해

바쁘게 하룻길 열어놓고
내 맘 담을 예쁜 그릇 열어놓고
떠날 때 미련 두기 싫어
그 모습 가득가득 담아보련다

속마음

가는 곳에 내 맘 머무름도 잠시
뒤돌아 온 길도 멀고 멀었는데
잠시 본 잠시 머물렀던 세월에
이제 좀 떨쳐 버리려나 했더니
내 인생 여정에 남은 게 있었나

보내는 이 마중함에 허탈하고
내 부모가 그러했듯 헛기침하며
애써 표정 관리하고 돌아섬에
찬바람은 그렇게 가슴을 후비고
늘 보고픔에 따라나서고 싶지만

보내고 또 보내도 끝이 없는 게
세상 이치인데 더 어려움은
보내는 세월이 아쉬워서일까
난 항상 그 자리에 서 있거늘
그들이 내 맘 알까

길목

얼음 속으로 흐르는 계곡물도
맑은 모습으로 봄을 기다릴까?
빈 잔에 녹아들어 만남의 시작
향긋한 커피의 속삭임으로

세월이라는 이름 앞에
조용한 기다림은 있는 걸까
아물지 않은 아픔으로
슬픔 한 조각 없는 사람 있을까

세월에 대한 기다림인가
그를 만나기 위한 작은 소망인가
무수한 인연 속에 작은 기다림
정겨운 마음으로 만들어볼까

언제나 반가운 마음으로
땅 위에 귀를 대어본다

물 구르는 소리가 설레게 한다
또르르 또르르 그런 기다림으로…

그리운 옛날

나일롱 잠바에 구멍 난 양말
앞 개울에 썰매 타던 시절
동네 옆집 엿밥이 그리워
도토리묵 한 그릇에 배를 채우고

화롯불에 청국장 데우고
소죽 쑤는 아궁이에 고구마 구워
동치미 국물 떠먹으며
웃음 짓던 시절이 언제였는지

문고리 얼어 손닿으면 달라붙고
부엌에서 어머니 칼질 소리
정겨움이 언제였는지
손발이 꽁꽁 얼어도 좋았는데
다시 올 수 없는 시간이 돼 버렸네

너랑 노니는 날에

햇살이 나를
꽃향기가 나를
내가 널 찾은 것도 아닌데
넌 날 보라 예쁜 얼굴 내밀며
추억 하나 만들라 하네

다 들어줄 수 없지만
달콤함만 함께 주고 싶다
내 마음이 그러하니까
사랑 꽃이 필 때까지

시간에 못 이겨 네가 지고 나면
아쉬움 그리움 어떡할거나
마음 따뜻한 사람과 함께하니
나랑 놀자 하네
너랑 노니는 날에…

너 때문에

내 갑옷의 무거움도
한 겹 한 겹 벗겨지고
하늘을 나는 새들의 날갯짓도
오랜 시간 땅속에서 몸부림치던
씨앗들도 세상을 향해 솟는다

내 입꼬리에 추를 달아야겠다
내 입이 연실 하마가 놀자 한다
물오른 가지에 계절의 힘을 본다
메마름에 툭 부러지기 쉬웠던
너에게 아름다운 색이 오르네

도로에 걸린 방향등처럼
내 폰의 알람처럼 그렇게 오는 걸
그 누가 막을 수 있을까
그 모습이 아름다워라
내 마음 홀씨 되어 너와 함께
날아보련다 아지랑이 따라…

비가 내리면

네온 사이로 떨어지는 비가
머리카락 사이로 흐르고
흐릿한 불빛 따라 내 맘 떠밀려
우산 없이 길을 걷는다

힘든 몸 이끌고 걷는 건
걸어온 길 돌릴 수 없어
한숨 소리 비와 섞이며
그냥 길을 걸을 수밖에…

빗소리 따라 걷다 보면
내 맘 깊은 곳의 상처
남겨두어야 할 그리움
다시 오지 않는다는 걸 알면서도…

내 마음 모두 드리리

내가 널 부르지 않았는데
겨우내 닫혀있던
내 마음을 끌어내려 그렇게
환한 얼굴로 얄밉게 보는구나

너의 넝쿨이 나를 휘어 감고
내 마음 다 뺏어가면 난
돌아가고 싶어도 갈 수 없게
그리도 보고 싶었는지…

움직이지 않는 조각처럼
난 너에게 빠져있다
그래 다 가져가라
밀친다 해도 가겠느냐

내가 널 연인으로
팔짱하고 데이트하련다

밀쳐도 소용없음을
그대 없이 살 수 없음을…

아침에

물먹은 초록 물결들이
기지개를 켜는 아침
밤새 네 잎 위로
이슬을 모아주었구나

초록 잎 사이로 참새가
뛰어오르듯 종종종
뛴 걸음하고 함께 하자며
목청소리 높이고

밤새 찾던 이는 오간 데 없고
그의 미소만 내 주의를 맴돌고
활짝 핀 꽃잎 향기를 모아
커피잔 속으로 던져놓고

해님 나오기 전 마음껏 품으라고
네가 나에게 다가온 것처럼

난 널 가슴으로 맞으련다
힘내라는 한마디에 주문을 걸며…

날 부르지 마

바람아 네가 날 불렀니
향기야 네가 날 불렀니
너희들 꽃술에
내가 취했나보다

너의 꽃술에
내 심장이 와르르
내 심장 소리 들어보렴
함께 하려니 무너지고 있다

바람에 이리 휘청 저리 휘청
네 얼굴과 마주하려
내 숨결도 널 따라 춤추고
같이 놀자 하네

제멋대로 생긴 대로 피워놓고
날 보고 놀자 하지 마라

무얼 보여주려 애쓰지 마라
널 보는 이 순간이
내 행복일지니…

그대 떠난 자리

찬바람을 등 뒤에 업고 뛴들
호주머니 속에서 살짝 잡은 손
꼼지락거릴 때처럼
따스한 열기에 비하랴
행복은 그냥 스쳐 가는 건지

네가 없는 이곳 이 자리에서
꿈을 꾸듯 떠난 자리에 서서
호호 불고 발 동동 구르며
그대 오던 그 길에서

종종걸음으로 걸어보지만
바람은 그렇게 내 뺨을 때리고
스치듯 먼 기억 속에서
헤어나지 못함은
그래 나에게도
그런 날들이…

벗어버린 나뭇가지

바람이 불 때마다
흔들리고 있는 너를 보며
자꾸 움츠러든다
다 던져버리니 좋은가보다

잎을 떨구니 홀가분하겠지만
보는 내가 애처롭구나
계절의 아픔이겠지만
모두 벗어던졌구나

내 맘도 너처럼 횅하니
내 입김으로 널 데워줄 수 없고
눈이나 오면 설 빛이라도
보겠다만

움츠리지 말고
함께 품어보자
너와 난 기다림이 똑같으니…

첫눈

하늘에서 깃털 날 듯
소리 없이 내린다
널 기다리며 무수히 많은
잎들을 떨구어놓았는데

오늘 만남이다
동구 밖으로 내 발자국
남기려 걸어보자
강아지 뛰듯 뛰고 싶지만

어느새 내 머리에 은빛으로
꽃을 피웠구나
내 손에 널 소복이 받아
하얀 눈 위에 널 남기니

보일 리 없는 곳이나마
내 맘속에 널 넣으려 하니

많은 이들에게 전해주렴

널 기다렸다고…

나의 아침

뿌연 연무가 반기는 아침
물안개 피어오르고

가을 향기는 내 찻잔 속에
미소를 지으며 스며들고
무게를 못 이긴 잎 하나를 벗 삼아
아침을 열어봅니다

시월 마지막 날

오라 해서 온 것도 아닌데
다른 날보다 등이 시려옴은
널 보내는 아쉬움이 큰 걸까

널 보내는 마음들이 한결같은데
뭐가 그리 아쉬울까?
대포 한 잔 그리운 날이긴 하다
매년 오는 날인데 다른 느낌
오늘은 밤이 길 거 같다

사랑하는 사람을 보내는
나 혼자만의 느낌일까?
찾아오는 이 없고 차 한 잔도 식고
밤은 그렇게 깊어가네

세월

나뭇잎이 아침마다
색깔이 달라지고 느낌조차…
내 눈에서 사라지는 것들이
아름다움을 다할 때

단 한 번의 마주침조차
그 사람이 당신이었어도
가는 세월 속에 묻혀
잊혀 지지 않았음 좋으련만

널 잊으려 하지도 않을 거야
잊고 싶어도 주고 싶어도
안 되는 것이 너란 걸 알기에
곁 따라오는 너 때문에 아파오고

바람이 불면 사라질 너인데
다시 만남을 기약하며

차가워진 내 마음도
바람 따라 그렇게 갑니다

가을 드라마

계단 길 올랐더니
온 산에 무지개 떴다
보이는 곳마다 진풍경이니
널 보는 이가 있어
널 반기는 이가 있어

내 눈동자에 렌즈 초점이
너의 아름다움에 취했다
다 네 것이 아니니 뽐내지 마라
널 마중하러 나오는 이가 있어도
바삐 내려놓지 마라

내 가슴이 널 모으고 있으니
내가 민다고 갈 생각 하지 마라
계곡 물소리조차 정겨우니
너의 아름다움에 갈대마저
힘을 보태고 있구나

가을 사연

잠시 묻혔던 모습들
스치듯 그렇게 기억나고
하나 둘 떨어지는 낙엽
그 끝에 달려있는 잎 하나에도
가슴이 메이고

눈길 한번 마주친 사람도
기억 속에 묻혔던 사람도
희미하게 나타나는 건
계단 길 따라 내려온
가을이라는 너 때문에

외롭게 서 있는 가로등조차
내 마음을 흔드는구나
못다 한 이야기 적어
예쁜 메모지에 내 마음 남기니
네 가고 싶은 곳으로 날아가렴

낙엽

가냘픈 바람에도
네 삶이 무거워 흔들리는구나
아침이슬 한 방울에도
견디지 못하고
나비 춤추듯 떨어지는 네가

내 인생의 사랑과 삶이
흐르는 물 위에 떨어진 너처럼
굽이굽이 흘러 정처 없이 가는구나
잘 가라 손 흔들어주는 이 없이
목적지 없는 여행을…

빛바랜 내 머리카락처럼
세상을 예쁘게 살았던 것이
한순간 행복이었어
아름다움을 다하고 떠나는
너와 추억을 만들며…

구름은 요술쟁이

넌 참 좋겠다
그리고 싶은 걸 다 그리잖아
내가 원하는 걸 그려줌 좋을 텐데
너 참 멋대로 다

심술 또한 짓궂다
해를 가려 춥게 하고
널 열어 따뜻하게 해주니
너 참 요술쟁이다

내 마음 그려보라 했더니 싫다면서
바람에게 물어보라 한다
지 맘도 표현 못 하는 것이
헛꿈 꾼다고 놀려대며
날 위해 미소를 그리고 있다

제2부

할배꽃

화려한 꽃으로 수놓은 인생
소나무처럼 서 있고 폼도 잡아보고
꽃봉오리가 올라오니 인생의 시작이고
세상이 내 것이었다

꽃이 화려함을 버리려함에 그냥 지려니
그 모습은 추억 속으로 묻히고
난 그냥 하루하루 그렇게 살았건만
어느새 서리꽃이 피었다

마음은 청춘이라 외침조차 초라한…
조금은 덜 아프게 조금은 덜 힘들게
그렇게 걸어온 인생의 오솔길

마음은 꽃이요
소나무처럼 서 있는 인생길
할배, 하고 부르는 소리에 미소를 짓는다

빈 가슴 채워요

마음 한 번 비워보아요
뭐가 보여요
보이는 게 없나 봐요
한번 비워봐요

한없이 작아진 가슴에
한없이 메마른 가슴에
사랑 한 번 채워봐요
웃음 한 번 채워봐요

하늘을 향해 팔 벌려
그대 마음이 열릴 때까지 채워봐요
그 마음이 넘칠 때까지 나누어봐요
그 사랑이 다시 올 수 있게

가을 계단

계절 쫓아 향기도 오고
내 마음 또한 계절을 따라 돌고
내 위에 구름도 묻혀 흘러간다
하늘 높이 올라가 있으니

구름 위에 내 맘 얹어
바람에 흘려보내고
떨어진 낙엽 되어 구르기보다
잠시 머물 것도 아님 함께 춤추어보자

계단 길 열어놓았더니
무지개 타고 내려와
내 눈 둘 곳이 없어버렸네
불났다 불났다

두근두근 대던 내 마음도
비단길 따라 술렁인다

내 눈에서 멀어지는 게 싫어
네 모습 보는 것만으로 난 행복이야

비와 나

뜨거움을 시샘하듯
가랑비가 내리는 아침
길가 코스모스와 눈 맞춤 하고
네 무게를 못 이겨 나에게 인사하고

구름 잔뜩 낀 사이로 네가 온다
너로 인해 내 마음 닦아내고
넌…
내가 아는 모든 걸 네 안에 가두는구나

갈 곳 잃은 새들도 숨죽이고
비바람 가르고 날았음 좋으련만
날다 멈추어도 너와 마주할 건데
내 뒤에 업고 날은들 무슨 소용이랴

내가 하늘을 그리려니 그릴 게 없구나
하루하루가 소중하고

다가올 날들이 내 젊음이거늘
오늘만이라도 내 맘 예쁘게 씻어주렴

인연

가을이라는 이름으로
어디선가 나타날 수 있었던
사람들은 아닐진대
유리창에 낀 연무를 닦을 때
나타나는 것처럼
우린 그런 친구들이었을까

나이도 이름도 모르는 이들을
내 기억 속에서도 없던 이들을
우린 이렇게 인연이라는 이름으로
웃으며 만났어
엊그제 잊어버렸던 사람도
지우개로 지웠던 것도 아닌데

그게 만남이었어
바람에 스쳐 가듯이
우린 이렇게 인연이라는 이름으로

웃으며 만났어
세상에서 가장 아름다운
인연이라는 것으로…

솔바람

커피 한 모금 입에 물고
창밖 풍경에 취해서
커피 향도 잊어버린 채
솔솔 부는 바람 타고 날아볼까

바람이 빙그레 웃으며 손짓한다
풀내음 물방울 소리 들으라고
내 가슴에 작은 파장을 주면서
날 나오라 한다

바람아
나 데려다줄래 물으니
내 바람은 만선이니 어렵고
잠자리비행기라도 타란다
갈 곳이 있니 물으며…

가을이지

창가에 새어드는 바람은 서늘해
내 마음 너에게 물들고
마음 익어가듯 가을은
농부의 가슴에 행복감이 익어간다

참새들에겐 천국의 지저귐
합창은 날갯짓하며
사랑의 계절을 선물 받았지
풋사과 익어가듯 그렇게…

영원히 가을 물결에 핀 꽃처럼
가을 무지개에 마음을 달고
사랑에 묻혀 바삐 다닙니다
가을은
사랑할 수 있는 계절이라고…

흔적

내 발 뗄 때마다
나의 흔적 사라지고
바람 불어 지우려나
비가 와서 지우려나

한 치 앞도 모르는 세상
이리 치고 저리 치고
세월은 그렇게 없어지고
다시 온다

가는 세월 아쉬움에
내 마음도 무거워지누나
누군가 민다고 가는 세월 아니니
구부러진 길 돌아 돌아가련다

비단길 마다하고
한 걸음 한 걸음 가련다

내 신발 발자국이 아닌
내 마음의 흔적을 남기려고…

구멍 난 우산

우산을 펼치는 순간
눈에 띄는 건 동그란 구멍
언제 이렇게 됐지?
아하…
술 한 잔에 주인이 바뀌었군
그래도 내 몸을 맡겨야겠다

내리는 비에 젖을세라
날 위해 네가 고생을 해야겠다
구멍 난 곳으로 물방울이 튄다
에이,
보는 순간 한 방울이 내 눈 속으로
이 느낌 뭐지…

앞이 안 보이니 보라고
그 구멍 난 곳으로 보며 가라고
햇빛 남 천대받고

비 오면 귀하신 몸
하트 딱지라도 붙여야겠다
나만의 내 마음의 표식으로…

바람 타고

바람과 햇살에
내 마음 내어주고
바람이 불어오면
내 마음 비바람에 동승하고
그냥 가고 싶은 곳으로 가자
어디든 가자 모두 반기려니
네 몸을 마음껏 주어라

널 따라
코스모스 춤춘다
널 따라
잠자리도 춤춘다
네 바람에 무거운 어깨짐
내려놓고 그 끝에 달렸으니
너 지난 자리 멀어져도 좋다

내 맘속에 무거운 짐

다 버려야 하니 가벼이 가자
너로 인해 초록이 물들어지니
오래도록 미소 짓게 불어라
행복하다는 걸 잊지 않게

구름을 타고

넌 좋겠다
그 넓은 곳에서
이리 춤추고 저리 춤추며
만들어 내는 한 폭의 수채화

바람 불어
네가 좋아하겠다
모든 걸 다 만들어
탄성과 환희를 주잖니

내가 널 타고 다님 좋겠다
내 사랑하는 이에게 네 등을 빌려
그늘을 만들어 주고 싶은데
동행해주렴

작은 구름 타고 내려가자
예쁜 선물을 만들어 전해보자

세상에서 가장 예쁜 모습을
구름아 구름아 그려보자

이슬비와 동행 길

빗소리가 음악처럼 들리는 날
이런 날은 운치 있어 좋아요
우산 사이로 떨어져 없어지는
빗물이 싫어서 걸어봅니다

오늘 같은 날 녹음 속으로
풀 내음 바람과 계절의 향기는
내 마음의 우산을 접게 하네요
산사라도 있음 좋겠네요

아름다운 풍경과 따뜻한 차 한 잔
이렇게 좋은 날은 그냥 맡겨봐요
비가 오면 오는 대로 걸어봐요
내 품에 안고 내 마음을 비워봐요

우산을 써 보려 했지만
내 마음의 감성이 거부하네요

내 발을 떼는 순간 내 마음도 같이 없어질까 봐
내리는 이슬비에 젖어갑니다

이슬방울

너의 맑음에
내 얼굴 비추어보고
밤새 나랑 인사 나누려
그렇게 모아졌나보다

풀잎에 옥구슬 구르듯
또르르 구르며
풀벌레 울음소리에
아기 젖 주듯

네가 떨어질세라
참새들이 날갯짓하며
너를 반기고
기뻐 지저귀는 소리에
내 귀가 호강하는구나

잘 자요 그대

창문 사이로 빼꼼이 쳐다보는
저 하늘의 별과 달은
나를 비웃듯 초롱초롱 빛나고
난 그대의 모습을 그리고 있네

저 별과 저 달 속에
지웠다 그렸다 반복하며…
어둠이 사라지면 흔적도
없어질 텐데 애쓰고 있다

지금은 가장 예쁘고 아름답게
그리려 해요 내 마음 똑같이
밤은 그대와 날 위해 만들었나
클래식 음악에 그대 곁으로 가요
잘 자요 그대…

여름과 겨울 사이

하늘 저편의 바람은
가을을 부르고
나는 너에게 뜨거움의
힘을 주었으니
너를 바라봄은
꽃을 보듯 그렇게 볼 거야

밀고 밀리다
세월의 구름 속으로 들어가고
여름은 그렇게 가는구나
가을엔 바라기만 하지 말고
마음을 비워놓아야 해
가을바람에 날 맡기려면

안녕 뜨거움이여
바람은 널 뒤로한 채
나의 커다란 빈 가슴속으로

가을 문턱을 여는구나
가을향기 옷깃에 들어오면
가을빛 닮은 친구를 만나야겠다

마음의 의자

너 없는 빈자리에 내 맘 펼쳐놓고
기다림의 시간 속에
내 마음 갈 곳이 없는데
고추잠자리 날 듯 맴돌고

떠난 자리 따뜻하여
주위만 맴돌고 있네
세월이 가도
내 마음 너의 마음이 남아있으니

날지 않은 비행기라도 좋아요
이미 내 마음 이곳에 있으니
간절한 마음 안고 기다려요
나의 의자엔 늘 당신이 있거든요

이슬 한 방울

아침 안개 헤집고
작은 오솔길 따라 걷는다
풀잎 끝에 아침이슬 방울들이
가냘픈 풀잎이 또르르 구른다

누군들 너와 비교하랴
세상 무엇과 비교하랴
너의 깨끗함에
혀끝으로 널 삼키고 싶다
온몸에 전율이 흐를 거 같다

너를 모아 모아
모닝커피 잔 속에 살포시 넣어
온갖 세상의 목마름에 넣어주고
향긋한 풀 내음과 같이
오늘 하루 길동무해보자

귀뚜라미

하늘엔 뭉게구름 떠다니고
땅에선 귀뚜라미 업혀 왔다
오늘도 부지런히
바삐 다녔을 너에게
예쁜 친구가 네 귀에 대고
종알종알 속삭인다
잘 왔어 잘 왔어

누구보다도 분주하게
누구보다도 예쁜 목소리로
너의 목소리를 들려주려
애썼다 애썼다
그런 네가 내 친구여서
그런 네가 내 옆에 있어서 난 참 고맙다

너 앞으로 내 옆에 있어야 해
바쁘지 않고 여유롭게

목소리 높이지 말고
가볍게 하여 내 옆에 있어야 해
넌 그래야 해
네가 있어야 가을 음악을 들으러
내가 널 찾으니까

아침

아침이 올 때마다
오늘도 사랑할 선물을 받습니다
색동으로 엮고 예쁘게 포장해
날 위해 올랐어요

사랑과 관심으로 아침을 열어
세상 살아갈 힘을 얻네요
바다를 보라색 하늘을 초록색으로
그려봐요

감정 읽고 상처 알고 치유하며
나의 그림 속에 예쁘고 곱게만
느껴지는 건
네가 나의 치료사이기 때문

새 울음소리로 날갯짓하며
당신을 찾아갑니다

내가 어떤 삶을 살던 동행 합니다
네가 여는 아침은
꽃이요 나의 사랑이니까

비오는 날의 푸념

떠밀지 않아도 갈 것을
꽉 잡아도 갈 것을
무얼 그리 악착같이
세상 그림을 다 그리고 살았는지
솔잎 솔향처럼 살아보려 했건만

손바닥 주름이 세월을 움켜쥔 채
손끝의 무딤이 가슴을 시리게 하고
내 부모가 그렇듯 닮아가는구나
그 길을 따라 흘러가는구나
뒤돌아본들 후회뿐이고

이젠 거울조차 날 거부하고
앨범 한 장 한 장 넘기며
씁쓸한 미소만 흐르는구나
내가 그린 세상의 그림이 아닐진대
빗줄기만 내 맘을 씻고 흐르네

이제 시작이다 외쳐보지만
허공 속에 메아리뿐
그래도 가슴은 뜨거운데
무엇을 향해 떠도는 건지

나도 가끔

기우는 달에 내 마음 걸어놓았다
달빛 그림자가 길어지니
나의 그리움 또한 길어지누나
보고픔에 한 잔
외로움에 한 잔 한 잔
달빛 속 한 잔 술에 널 따라 기우니

네 빛에 비춰진
갈대 그림자처럼
그렇게 흔들려간다
내 안에 너의 빛이 있다면
꺼지지 않길 바라며
달빛 따라 걸어보련다
너와 동행 길 멈추는 그곳에…

가을이 내 가슴속으로

내가 미워 높이 올라갔나
더 밀어 올려봐
파란색 물감을 더 칠해줄게
부족함 솜사탕을 마구 뿌려줄게
하얀 구름 위에 날 올려놓고 싶니?

바람에 풀 부딪치는 소리 들어봐
내 코로 초록의 풀 내음이
진동하잖아
강가에 돌 부딪치는 소리 들어봐
여름내 씻기고 씻겨 겨울이잖아

내 눈에 보이는 모습은
뿌연 연무가 사라졌어
날 초록의 산과 구름 위로
올려놓았구나
내 눈에 내 기억 속에 널 담고 싶어서

제3부

보고 싶은 날

창문 열어 바람을 맞이한다
세찬 바람이 들어와
머리를 흩어놓는다
어디로 가면 좋을까
하늘이 젖었으니 내 몸도 젖겠지

비야 멈추지 말고 내려라
흘러 흘러 멈춘 그곳에서
내 마음을 씻으련다
너에게 뛰어들어 허우적대도
변함이 없는 걸

헤아릴 수 있는 마음만
가슴에 남겨두고
보고픈 이에게 전해주렴
흔들지 않게 바로 잡아
멈춘 그곳에서 내 맘 가져가라고

꽃

초록 물음에
빨강이 답하니
보는 이 부끄러워
이슬 먹은 싱그러움에
홍조 띤 얼굴이어라

바람에 하늘거림이
날 위해 추는 건지
너 하나 예쁨에 내 가슴 뛰어라
발길 멈추어 만지려 하니
수줍음이 빈 가슴 채우듯
날 보고 웃네

세월이 가네

힘들다는 너의 말에
나도 힘들다고
눈시울이 뜨거워져
어이하리 어이하리

비바람이 뺨을 스쳐도
파도가 옆구리를 서럽게 쳐대도
가는 너를 잡을 수 없고
흐르는 너를 막을 수 없고
나이 들수록 하늘만 보누나

계절이 지나가고
하늘을 올려다봐도
한 줌의 지난 추억일 뿐
사는 날까지 잘살아보자꾸나
인생아…

친구야

흘러가는 구름
흘러가는 물 흘려보내듯
툭툭 털며 허허 웃으며 살아보자
수없는 연습의 반복으로
살았던 세월
친구야 같이 가자꾸나

대단하지 않은 하루가 지나가고
별거 아닌 하루가 온다 해도
삶은 값진 것이기에
오늘의 멋진 삶을 위해서
손잡고 가자꾸나

좋은 일에 대한
연습이 부족하더라도
네가 내 옆에 있어 줌 좋겠어
내 맘속으로 그런 널 응원하고
그 옆에서 손잡아주려고

들꽃처럼

하루를 살지 백 년을 살지
모르는 삶 속에
불꽃처럼 피었다
흔적 없이 사라질

그래 뭐라도 한번 피어봐
너라도 끌어안고
마음의 평정 찾아 살아보려니
나 미련 없이 너에게 빠져본다

너로 인해 삶이 예술이야
너 나만 바라봐
나 미련 없이 너에게 빠져
오지 않을 시간을 기다림으로…

나로 인해 너 피어라
나로 인해 너 만개해봐라

길에서 핀 꽃이지만 내 친구
잡초처럼 피어난 네 이름 들꽃

아침 태양

눈이 부시도록 찬란한 너로 인해
내 눈은 뜰 수가 없어
뜨는 순간 뜨거움이 흐를 거 같아
속으로만 삼키고 있어

가린다고 가려질까
숨는다고 숨겨질까
멈추지 말고 올라와 봐
그 넓고 깊은 창공에 대고 외치니

내 뻗은 손 잡고 나오거라
어쩜 좋아 어쩜 좋니
눈부신 널 어쩌란 말이야
내 앞에서 빛으로 빛나거라

꽃이 가는 길

천사가 꽃 되어 우리 곁에 온 날
세상을 적셔준 네 향기는
뜨거운 열정을 나누어주어
예쁜 웃음꽃으로 나눠주었기에

난 빛줄기 네가 미워
서러우니 그냥 지나가렴
꽃이 떨어지면 슬퍼져
그냥 이 길을 지나가렴

심한 바람이 나는 두려워
그냥 지나감 좋겠다
꽃이 떨어짐 나는 외로워
밝은 태양 맑은 하늘 아래
작은 꽃씨를 남길 때까지라도…

바람아

바람아 바람아
내 마음에 불지 마라
널 따라 날아가고 싶지 않아
바람아 바람아
나의 가슴 파고들지 마라

바람아 바람아
닿을 수 없는 그 길 따라가다
고달픈 걸음에 눈물 고이면
몰래 나 대신 훔쳐다오
내 맘 뺏으려면 네가 고생이니

이런 내 맘 헤아려줘
바람 불면 불수록 내 사랑 날아갈까
불면 불수록 아프니
내 맘 둘 곳이 없구나

동행

새소리 바람 소리
함께 듣고 싶고
예쁜 풍광 예쁜 하늘
함께 보고 싶고

좋은 곳 아름다운 곳
함께 가고 싶고
사랑하는 너를
사랑스러운 너를 기다립니다

네가 어떤 삶을 살든
너를 응원하며 곁에 있을 거니
한발 뒤에서 옆에서 있을 테니
내가 필요할 때 뒤돌아보아 주렴

초록 길 걸어요

앙증스러움에
기쁨이 더해진 꽃들 보며
초록에 반해버릴 듯
예쁘게 변하는 날
그 마음 눈에 담아 보내렵니다

잡초같이 마음 자락 풀어헤치고
머무르는 곳마다 초록의 무한사랑
예쁘게 그릴 수 있는 날
내가 네 곁에 온 줄 생각해요
어차피 가야 할 길이라면…

모카 향 가득한 커피 한 잔에
비틀거림 없이 사뿐사뿐
콩닥콩닥 설렘 속에 두고
꽃향기 날개 속에 날아보아요
행복 기쁨 당신 담아드려요
주어진 하룻길 걸어요

솜털 구름

양털을 뿌려놓은 듯
하얀색 물감을 뿌려놓은 듯
그림 그리듯 날갯짓하며
떠다니지 말고
한 아름 내려주렴

조금만 모아서
그대 밑에 깔아줄까
한 아름 모아서
그대 위에 덮어줄까
가슴에 가득 안고 날아볼까

그대 구름 위에 띄워놓고
내 입김 닿는 곳으로 불어
그대 위에 펼쳐 놓으려니
내 맘 알거든
사랑하는 이의 가슴으로
내려앉으렴…

내 마음의 비

들판 사이 길을 따라 돌 때
내 마음을 안 듯 비가 내린다
내 머리를 타고 흐른다
지나간 추억의 일들이
비와 섞여 내 가슴을 타고 흐른다

날 미소 짓게 한 추억을 더듬으며
흐르는 빗줄기는
나의 입가를 타고 흐른다
잡지 못할 시간은 흐르고
이렇게 나를 적신다
가슴이 시키는 대로 걷는다

바람처럼 스치듯 흐르는 비는
나를 던져 온몸으로 담는다
누군가가 내 맘속에 들어와
온몸으로 맞아줄 수 있는지

내 마음의 비가 내 몸을 적시듯
그렇게 받아주었음…

작은 여행

청춘아
그대가 떠나는 여행은
낭비가 아니니
소중한 공간을 느낄 수 있는
꽃과 같이 별과 같이
사랑스러운 시절이니
작은 추억 만들어봐요
작은 사랑의 추억 가슴에 담고...

구불구불 길을 찾아
들꽃 벗 삼아 마음 길 만들자
작은 여행 작은 인생길 찾아
날 찾아 날아보려 하니
마음 길 내려놓고 날자
여행은 작은 용기라며

친구

어여쁜 너에게 바라니
앞으로는 내 옆에서
넌 내 기쁨이 되어라
나 또한 너의 즐거움이
될 준비가 되어 있음이다

두 팔 벌릴 만큼 행복하다
내가 혼자 외로워서
마음이 무너질 때 이심전심
술 한 잔에 취하고
즐거움에 취한다

모든 걸 내려놓고
바라보고 마주하면 친구라
보고 싶었구나
너를 마주하니 좋다
붉게 물든 얼굴로
나 기다려주는 네가 있기에

달과 나

달이 혼자라
네가 옆에서 내 동무해주는구나
하나보다 둘이 있음으로 더 밝아
내가 가는 길에 어둠이 사라졌네

내가 홀로 외로워 마음이 무너질 때
네가 날 위해 기도하니
난 무엇을 나눠줄까 무엇을 보여줄까
넌 내 마음의 영원한 친구라…

하루의 시작

지나가는 시간 속에
마음 닿는 곳마다
이유 없는 기쁨
그냥 좋은 기분

따스한 차 한 잔에
그리움 띄우고
설렘 뿌려서
소담하게 하루를 열어봅니다

알쏭달쏭한
노래를 흥얼거리며
초대받은 듯 마음을 열고
흐드러지게 핀 능소화처럼
마음에 담아 함께할 수 있음에
하루를 열어봅니다

후회 없기를

해가 떠 있으나
하얀 구름 회색 구름
모든 구름들이 번갈아가며
해를 감추었다 풀어줬다 반복한다
간사한 사람의 마음과 같아라

나만 아는 이유로
마음이 답답하니
시간이 지나면 나아지려 나
모든 살아있는 것들도
생사를 오고감이 이치인데
모두 꺼져가는 생명에 대해...

그럼에도 미안함과
안타까움이 함께하니
언젠간 공중분해 될
모든 인생인데 손 내저어

아니다 부정하고 거부하여도
사라질 인생인 것을…

살아간다는 거

파란 많았던 인생도
당신이 몰라주는 세상에서
느꼈을 외로움도
강렬한 향기로 세상을 물들였던
다시는 못 볼 그 꽃들이 벌써부터 그리워

게으르고 얼어붙은
나의 마음에도
뜨거운 열정의 향기를
나누어준 그들이 있었기에
슬픈 나를 위한 눈물입니다

무엇이 그리 바쁘던가
한 번쯤 쉬어 갈만한데
너무 많은걸
짊어지고 가지 마라
하나하나 내려놓으면 좋을 것을

하나 골라봐 타고 달려보자

향기

이른 아침 새들의 지저귐에
창가에 내려앉은 햇살
꽃 한 송이 코끝에 가져오면
향기도 같이 오겠지

내 곁에서 머물러주렴
코끝 그 향기 가지 마라 가지 마라
그래그래 내 미소는
너에게 머무르니..

오늘은 네가 예쁘다
너를 따라 그렇게 흘러가고
떠다니고 싶은데
놓아주면 네가 미워질까 봐
같이 물들어보련다

동녘

새벽하늘을 본다
동녘 하늘에
샐빛이 뿌옇게 움튼다
까치 노을이 붉게 물들면
아침이 올라온다

일출 전 신선하게 물든 색깔처럼
기다림으로 다가온다
하나 둘 셋 다 세었잖아
어서 나타나 봐

아무도 찾는 이 없는 곳에
붉게 물든 얼굴로
날 기다려준 너
들꽃 피는 길을 돌아
가슴을 열고 아침의 향을 마신다

노을

저무는 풍경은
몇 단계의 색채를 거느리고
초록빛 산등성이에
무언가 아쉬운 듯
붓을 들어 힘주어 밀었다
그리고 웃었다

내 욕심일까
아무리 흉내 내려 해도
네 모습이 아니다
그냥 가위로 오려야겠다
그리고 마음에 담아야겠다

어여쁜 사람들에게
마음을 열어 가져가라 해야겠다
나만 보기 아쉬워서
그곳 넘지 마라
그 모습 그대로 내 품으로 받아줄게…

제4부

마음

구름에 살짝 비춰진 사람이
당신이었나요
오늘도 나는 당신이 그립습니다
사랑하는 마음이기에
오늘도 당신이 보고 싶습니다

이슬방울에 비친 사람이
당신이었나요
그리움이란 걸 알았습니다
보고픔에 늘 기다립니다

가로등 사이로
비춰진 모습이 당신이었나요
오늘도 입가에 미소를
가득 담고 당신을 바라보고 있습니다

아련한 모습이지만

그 모습조차 기억하고 싶네요
오늘 하루도 내 삶이
신나고 행복합니다

함께할 수 없지만
항상 내 마음에 당신이 있기에
이 밤 이렇게 그리워합니다
내 맘속에 그리운 사람을 그리며…

널 기다리며

꿈속에서 길을 헤매다
운명처럼
바람이 널 데려다 놓았네
난 네가 오기 전
난 그냥 구름이었지만

행복의 밭을 일구려 손 내밀고
몸을 다스리려 하지만
바위틈에서 몸부림치며
느낌조차 없는데

작은사랑이라도 좋아
널 만나기 위한 협주곡이라면
하늘길 열어놓으려 하니
당신의 문도 열어주세요

가을의 흔적

가을은 바람을 타고
낙엽을 떨구며
갈색빛으로 다가와

쓸쓸한 가슴에 슬며시
흔적을 남기려 하고
거부할 수 없는 이내 마음은

먼 하늘을 바라보며 서성이며
무엇이 그리워 그리도 갈망하는지
낙엽은 말없이 뒹구는구나…

작은 미소

오늘 하루도
내가 가질 수 있는 거 주세요

작은 소망이 이루어지도록
아주 작은 미소로 전해주세요

누구를 기다릴 수 있고
누구를 바라볼 수 있게 작은 미소로

오늘 그대에게 작은 소망을
미소로 보냅니다

예쁜 모습은 아니지만
마음의 평화를 그대에게 드립니다

날 기다리는 이들에게
오늘 하루 기쁨의 미소를 드립니다

보잘것없는 미소지만

이 미소가 모두에게 전해지기를…

눈물 같은 빗소리

내리는 빗소리가
왠지 서글프다

내 맘은 휑하니
뼛속까지 젖는 듯한
고요의 시간이 흐른다

아직 꿈속에서
허우적거릴 시간인데
가을비가 나를 시리게 한다

칠흑 같은 어둠
빗소리는 세차고
방향을 못 찾은 영혼만이…

국화꽃 향기마저도
가을비에 숨어버렸네

함께 어우러지면 좋겠는데

가을비가 날 적시고 있다
그냥 이 비를 맞으며 걷고 싶다
내 맘 전해줄 어디론가를 향해…

나의 느낌

내 마음에 숨이 막히면
그건 그대를 처음 본 순간이요

내 가슴에 흔들림이 있다면
그건 당신에 대한 흔들림이요

내 가슴에 설렘이 있다면
그건 당신에 대한 내 마음이요

내 가슴에 심장이 뛰는 건
당신에 대한 내 사랑입니다

내 가슴에 당신의 모습이 보이면
그건 사랑하는 내 마음일 거예요

가을이 가네

꽃도 사랑도 시들면 추한 거라고
눈뜨면 사라져가는 너의 모습에 아쉬움으로
움직일 수 없지만 너에 대한 나의 마음
밉기만 하다 겨울이 오는 길목인가

비 그친 후 너의 모습 보기 싫어
무참히 초라해진 너를 버리려한다
널 사랑하는 마음엔 변함없으나
힘겨워하는 네 모습 보기 싫어

널 붙잡기엔 불가능하구나
모두 버리려 생각해본다
앙상함이 싫어 내 그리움도 붙여서 가렴
널 잊을 만큼 가져가렴

사랑하나 봐

어느 날 문득 내 마음 헤집고
살며시 들어온 그대
하루를 시작함이 기쁨이고
아름다운 모습을 떠올림에

눈빛만 보아도 그 아름다움이
내 맘 설레게 내 안에 들어온 그대
그런 그대가 자꾸 좋아집니다
웃음 가득한 그대 얼굴 보면서

가슴 벅차오르는 마음을 누르며
그대가 자꾸 보고 싶어지는 건
그대 위해 저 하늘의 별이 못 되어도
그대 눈빛에 행복을 주고 싶어요

단 하나뿐인 내 마음을 모아
따뜻한 말 한마디 전해요

그대가 있어 이 순간에도
행복을 느낄 수 있다고

좋아요

이렇게 설레고 있어요
내 맘속에 그대 모습 바라보면서
내가 부른 건 그대 이름

눈물 마를 시간이 없어요
그건 내 마음 아니니까요
그댄 내 맘속에 있을 테니까요

내 어깨 토닥거려
가슴 뭉클한 내 마음 주려 해요
따뜻이 그대 가슴이 데워질 때까지

추운 날 그대 입에서 나오는
하얀 입김이 없어질 때까지
그대 내 온기를 전해주렵니다

춥다고 웅크린 그대 모습에

내 마음이 향기를 전합니다
얼음 한 조각이 될지라도…

커피와 사랑

커피잔 속에 내 사랑을 넣었더니
예쁜 하트가 나왔네
커피잔 속에 내 얼굴을 비추었더니
활화산 되어버렸네

커피잔 속에 내 느낌을 넣었더니
사랑의 샘물이 되어버렸네
커피잔 속에 사랑의 마음을 넣었더니
사랑의 수증기 피어오르네

커피잔 속에 미소를 넣었더니
사랑의 윙크로 답하네
커피잔 속에 그리움을 넣었더니
달달한 사랑의 향기로 다가오네

생각

아침 이슬방울들이
강가의 고요함을 깨우는 것은
내 안에 네가 있음이요
흐르는 강물은
널 기억할 수 없지만
지금 이 순간의 고요함이
너의 모습을 볼 수 있구나

그리울 수밖에 없는 마음이기에
밤새 널 기억하며
보일 듯 말 듯 한 네 모습에
이렇게 애 태우는구나

너의 모습을 담기엔 내 가슴이 너무 좁구나
내 삶 속에 네가 있듯이 내 눈 속에 네가 있구나
스치는 바람에 실려 보내도
빈 가슴에 그대 모습을 채우려 합니다

낙엽 밟으며

하늘에 구름 떠가고
들 향기 바람에 허리 춤춘다
힘 다한 네가 준 선물이기에

낙엽 떨어져 발밑에 구르니
손 내밀어 닿을 수 있는 곳까지
거리를 두고 함께 걷고 싶구나

내 발밑으로 느낌이 온다
포근하고 안락한 느낌
너만 줄 수 있는 거잖아

기쁨과 슬픔 네 위에 놓고 걸으련다
고이고이 간직하거라
내 맘 여기 놓고 가려니

단풍잎

가슴에 담아봐
보이는 게 뭐니

머리에 담아봐
생각나는 게 뭐니

이 잎들을 모아 모아
너에게 주려 하니

커피잔 위에 하트처럼
그 위에 널 살짝 놓아볼까

내 가슴을 봐
이 애들로 가득 모아놨어

붉게 물든 네 위에
발자국을 남기고 있어 사각사각

넋두리

어느 날 문득 거울을 보았다
순간
나도 모르게 뒷걸음쳤다
세월은 많이 흘렀지만
내 모습은 어디에도 없다

잠깐 생각에 잠겨본다
그 세월 무엇하고 살았는지
하지만 기억나는 게 없다
사랑도 미움도 그리움도

어느새 누가 뺏어갔는지
그냥 생각 없이 산 세월이다
아무리 둘러보아도
내 옆엔 아무도 없는 거 같다

반환점은 돌았는데

나에게 남은 게 있을까
가슴 한 곳이 횅하니
바람에 시려온다

그리운 사람

세월의 꽃으로 피어나려면
내 마음의 꽃을 피워야겠지
가슴이 몽우리가 생기는 건
옛 추억 때문일까
두 손 꼭 잡고 마음 전해줄 수 있다면

네 앞에서 눈을 감은 이유
그건 아마 그리움일 거야
단아하게 고개 든 네가
은은하게 향기 뿜음에

찬 바람이 세차게 불어도
마주 보는 네가 있어 외롭지 않음이요
누군가의 얼은 가슴을 녹여줄 수 있다면
보고픈 네가 있기에
그대 따뜻한 눈빛이 그리워요

눈을 기다리며

설 빛에 비춰진 너의 모습이 보고 싶다
모두의 마음을 깨끗하게 만들고…

처음 맛보는 짜릿함을 보고 싶고
푸른 솔잎 위에 쌓인 모습도 보고 싶고

백설의 향연에 옷깃을 올리고
내 마음의 직인을 찍고 싶다

향기 있는 차 한 잔을 들고
설운 위에 내 마음의 징표를 남기고 싶다

세상 그 어떤 것에도 구애받지 않고
오직 나만의 마음을 새겨놓고 싶다

화려하지 않은 너의 모습을 보고 싶다

가을 축제

오색 향연의 숲속에서 가을의 흔적을 밟아본다
저 멀리 설악의 불길이 여기까지 오색향연…
하늘을 가린 은행나무 사이로 물들어가는
가을의 채취가 스며들고 있다

천천히 떨어져도 될 것을 보는 이가 있으니
바람이 살며시 불어 너희를 시샘하듯
바삭바삭 소리를 낸다

무거운 옷을 홀라당 벗어 던져 떨어진
너의 잎으로 비단길을 걷고 싶다
시를 읊조리지 않아도 좋다
가을 잔부스러기가 내 가슴에 머물 때

낙엽의 황홀함에 잔잔히 열리는 미소
남길 수 없는 가을의 마지막 향연에
이 가을을 다 그려 넣는다

삶의 변화

계절의 변화도 여유 있게 바라보고
시냇물 얘기도 귀 기울이고
구름 흐르는 사연도 새겨듣고
오목조목 그렇게 갔으면 합니다

참으라 하지 말고 이제부터 잘 웃고
긍정의 말로 감사하고
겸손한 마음으로 남을 소중히 여기며
살아보려 해요

한발 뒤에 서면 더 잘 들리고
한발 아래서면 더 잘 보이는 것을
푸름과 촉촉한 마음으로 변하며 살아요

들국화

네 앞에서 발길을 멈춘 이유
네 앞에서 눈을 감은 이유
내 눈앞에 화려하게 나타나
네 향기에 내 맘 혼미해 온다

단아하게 고개 든 네가
은은하게 향기 뽑는 네가
원을 그리듯 가지런한 네 모습이
한없이 예쁘구나

내 눈을 초점 없이 만드는구나
내 코를 가까이 대어본다
바람 햇살 향기 높은 하늘도
날 위한 행진곡 같구나

바람결에 향기 날리지 마라
네 향기에 취해

숨 쉬어있음조차 어렵구나

그 자리에 오래오래 피었으면 좋겠다

메아리

살면서 기쁘면 예쁜 얼굴로
살면서 슬프면 처량한 얼굴로
살면서 아프면 찡그린 얼굴로
당신을 부르는 동안

더 넓어진 하늘에 양손 벌리고
더 높아진 산꼭대기에
마음을 활짝 열고
소리 높여 불러볼 수 있으면

아름다운 향기 따라
메아리 되어 돌아오려나
아름다운 사랑 되어 오려나
이 행복을 내 그리운 이에게 울리게 해줘요

이슬비

작고 예쁜 꽃잎 위에 맺힌 이슬비
사알짝 미소 머금은 그 모습 보았나요

얼굴 가에 맺힌 작은 물방울들이 쌓여
콧등을 따라 내려오면

그 모습 그대로 보았나요
가슴으로 흘러내리는 거 같았어요

오가는 차량 불빛에 살짝살짝 비친
너의 모습에 움직일 수 없었어요

이 비가 그치면 그대도 갈까 봐
여기 이렇게 서 있고 싶어요

소울앤북 시선

할배꽃

초판 1쇄 발행 | 2020년 11월 18일

지은이 | 이봉섭
펴낸이 | 윤용철
펴낸곳 | 소울앤북
주　소 | 경기도 파주시 회동길 325-22, 3층
편집실 | 서울특별시 중구 삼일대로 6길 15, 3층
전　화 | 02-2265-2950
등　록 | 2014년 3월 7일 제4006-2014-000088

ⓒ 이봉섭 2020

ISBN 979-11-967627-6-6 03810